KB056842

서른, 잔치는 끝났다

서른, 잔치는 끝났다

최영미 시집

이미출판사

차례

1부 서른, 잔치는 끝났다

나의 대학 2부

3부 지하철에서

내 마음의 비무장지대 4부

1부

서른, 잔치는 끝났다

선운사에서

꽃이
피는 건 힘들어도
지는 건 잠깐이더군

골고루 쳐다볼 틈 없이
님 한번 생각할 틈 없이
아주 잠깐이더군

그대가 처음
내 속에 피어날 때처럼
잊는 것 또한 그렇게
순간이면 좋겠네

멀리서 웃는 그대여
산 넘어 가는 그대여

꽃이

지는 건 쉬워도

잊는 건 한참이더군

영영 한참이더군

서른, 잔치는 끝났다

물론 나는 알고 있다
내가 운동보다도 운동가를
술보다도 술 마시는 분위기를 더 좋아했다는 걸
그리고 외로울 땐 동지여!로 시작하는 투쟁가가 아니라
낮은 목소리로 사랑 노래를 즐겼다는 걸
그러나 대체 무슨 상관이란 말인가

잔치는 끝났다
술 떨어지고, 사람들은 하나둘 지갑을 챙기고
마침내 그도 갔지만
마지막 셈을 마치고 제각기 신발을 찾아 신고 떠났지만
어렴풋이 나는 알고 있다
여기 홀로 누군가 마지막까지 남아
주인 대신 상을 치우고

그 모든 걸 기억해내며 뜨거운 눈물 흘리리란 걸
그가 부르다 만 노래를 마저 고쳐 부르리란 걸
어쩌면 나는 알고 있다
누군가 그 대신 상을 차리고, 새벽이 오기 전에
다시 사람들을 불러모으리라
환하게 불 밝히고 무대를 다시 꾸미리라

그러나 대체 무슨 상관이란 말인가

너에게로 가는 길을 나는 모른다

그리하여 이 시대 나는 어떤 노래를 불러야 하나
창자를 뒤집어 보여줘야 하나
나도 너처럼 썩었다고
적당히 시커멓고 적당히 순결하다고
버티어온 세월만큼 마디마디 꼬여 있다고
그러나 심장 한 귀퉁이는 시퍼렇게 뛰고 있다고
동맥에서 흐르는 피만큼은 세상모르게 깨끗하다고
은근히 힘을 줘서 이야기해야 하나
살아남은 자의 슬픔을
나도 충분히 부끄러워할 줄 안다고
그때마다 믿어달라고,
네 손을 내 가슴에 얹어줘야 하나
내게 일어난 그 모든 일에도 불구하고
두 팔과 두 다리는 악마처럼 튼튼하다고
여러번 곱씹은 치욕, 치욕 뒤의 입가심 같은 위로
자위 끝의 허망한 한모금 니코틴의 깊은 맛을

어떻게 너에게 말해야 하나
양치질할 때마다 곰삭은 가래를 뱉어낸다고
상처가 치통처럼, 코딱지처럼 몸에 붙어 있다고
아예 벗어부치고 보여줘야 하나
아아 그리하여 이 시대 나는 어떤 노래를 불러야 하나
아직도 새로 시작할 힘이 있는데
성한 두 팔로 가끔은 널 안을 수 있는데

너에게로 가는 길을 나는 모른다

살아남은 자의 배고픔

마치 자기가 어디로 가고 있는지 안다는 듯
완벽한 하나의 선으로 미끄러지는 새

그 새가 지나며 만든 부시게 푸른 하늘

그 하늘 아래 포스트모던하게 미치고픈 오후,

자리를 잡지 못한 사람들은 식당 입구에 줄 없이 서
있었다

어떤 사기

진달래가 이쁘다고 개나리는 안 이쁜가

내가 아는 어떤 부르주아는 연애시를 쓰려고
연애를 꿈꾸는데

행을 가른다고
고통이 분담되나

연을 바꾼다고
사랑이 속아주나

아, 그러나 작은 정열은 큰 정열이 다스려
그리고…… 그런데…… 그래서……

사람들은 내가 이혼한 줄만 알지
몇번 했는지 모른다

속초에서

바다, 일렁거림이 파도라고 배운 일곱살이 있었다

과거의 풍경들이 솟아올라 하나둘 섬을 만든다. 드문드문 건져올린 기억으로 가까운 모래밭을 공격하다 보면 날 저물어, 갈매기는 철없이 어깨춤을 추었다. 지루한 비행(飛行) 끝에 젖은 자리가 마를 만하면 일어나 하얀 거품 쏟으며 그는 떠났다. 기다릴 듯 그 밑에 몸져누운 이마여— 자고 나면 한 부대씩 구름 몰려오고 귀밑털에 걸린 마지막 파도 소리는 폭탄 터지는 듯 크게 울렸다.

바다, 밀면서 밀리는 게 파도라고 배운 서른살이 있었다

더이상 무너질 것도 없는데 비가 내리고, 어디 누우나 커튼처럼 끌리는 비린내, 비릿한 한움큼조차 쫓아

내지 못한 세월을 무너뜨리며 밤이 깊어가고 처벅처벅 해안선 따라 낯익은 이름들이 빠진다. 빨랫줄에 널린 오징어처럼 축 늘어진 치욕, 아무리 곱씹어도 이제는 고스란히 떠오르지도 못하는 세월인데, 산 오징어의 단추 같은 눈으로 횟집 수족관을 보면 아, 어느새 환하게 불 켜고 꼬리 흔들며 달려드는 죽음이여— 네가 내게 기울기 전에 내가 먼저 네게로 기울어가리.

그에게

내가 연애시를 써도 모를 거야
사람들은, 그가 누군지
한 놈인지 두 놈인지
오늘의 그대가 내일의 당신보다 가까울지
비평가도 모를 거야
그리고 아마 너도 모를 거야
내가 너만 좋아했는 줄 아니?
사랑은 고유명사가 아니니까
때때로 보통으로 바람피우는 줄 알겠지만
그래도 모를 거야
언제나 제자리로 돌아오는 건 습관도
뭣도 아니라는 걸
속아도 크게 속아야 얻는 게 있지
내가 계속 너만을 목매고 있다고 생각하렴
사진처럼 안전하게 붙어 있다고 믿으렴
어디 기분만 좋겠니?

힘도 날 거야

다른 여자 열 명은 더 속일 힘이 솟을 거야

하늘이라도 넘어갈 거야

그런데 그런데 연애시는 못 쓸걸

제 발로 걸어나오지 않으면 두드려패는 법은 모를걸

아프더라도 스스로 사기칠 힘은 없을걸, 없을걸

마지막 섹스의 추억

아침상 오른 굴비 한마리
발르다 나는 보았네
마침내 드러난 육신의 비밀
파헤쳐진 오장육부, 산산이 부서진 살점들
진실이란 이런 것인가
한꺼풀 벗기면 뼈와 살로만 수습돼
그날밤 음부처럼 무섭도록 단순해지는 사연
죽은 살 찢으며 나는 알았네
상처도 산 자만이 걸치는 옷
더이상 아프지 않겠다는 약속

찬란한 비늘, 겹겹이 구름 걷히자
우수수 쏟아지던 아침 햇살
그 투명함에 놀라 껍질째 오그라들던 너와 나
누가 먼저 없이, 주섬주섬 온몸에
차가운 비늘을 꽂았지

살아서 팔딱이던 말

살아서 고프던 몸짓

모두 잃고 나는 씹었네

입안 가득 고여오는

마지막 섹스의 추억

먼저, 그것이

고개 숙이며 온다
아스팔트를 데웠다 식히는 힘으로
장롱문이 소리 없이 닫히는 힘으로
초조한 이마 위 송송한 구슬땀 몇개로
사랑은 온다

첫번째 사과의 서러운 이빨 자국으로
초승달 둘레를 둥글게 베어내며
뚱뚱한 초 하나로 밤이 완성될 때

보채는 아이의 투정처럼
식은 차 한잔의 위로처럼
피곤을 넘어 반성을 넘어
어쩌면 사랑은 온다

망설이는 마음 한복판으로

어제의 사랑을 지우며

더듬거리며 오늘, 사랑이 내게로 온다

주저하는 나보다 먼저, 그것이 내게로 온다

위험한 여름

시라는 걸 쓰기 시작한 뒤 처음 맞는 8월은 그냥 지나가지 않았다 술 마신 다음 날 반쯤 시체가 된 몸은 꾸역꾸역 밖으로 나가고만 싶어 창문을 열면, 매미 소리와 함께 여름이 가고 놀이터 아이들은 키 큰 잠자리채를 깃발처럼 흔들었다

무성한 벌레 울음과 그 뒤에 오는 짧은 침묵 사이로 어제의 시가 유산되고, 간밤의 묵은 취기도 빠져나가고 맴맴, 맴돌기만 하던 생각도 가고 그대와 함께 여름이 간다

아직 배반할 시간은 충분한데…… 그리 높지도 푸르지도 않은 하늘 아래 구름은 비계 낀 듯 엉겨붙어 뭉게뭉게 떨어지지 않고, 거짓말처럼 천천히 서로 겹쳐졌다 풀어지며 경계를 만들었다 허무는 힘으로 입술과 입술이 부딪치고, 한 기억이 또다른 기억을 뭉개며 제각기 비비다 울며 여름이 간다

어떤 족보

아브라함은 이삭을 낳고 이삭은 야곱을
야곱은 유다와 그의 형제를 낳고
유다는 다말에게서 베레스를 낳고
베레스는 헤스론을 헤스론은 람을
람은 암미나답을 낳고
다윗은 우리야의 아내에게서 솔로몬을 낳고
솔로몬은 르호보암을 낳고 르호보암은 아비야를
……

(허무하다 그치?)

어릴 적, 끝없이 계속되는 동사의 수를 세다 잠든 적이 있다

가을에는

내가 그를 사랑한 것도 아닌데
미칠 듯 그리워질 때가 있다
바람의 손으로 가지런히 풀어놓은,
뭉게구름도 아니다
양떼구름도 새털구름도 아니다
아무 모양도 만들지 못하고
이리저리 찢어지는 구름을 보노라면
내가 그를 그리워한 것도 아닌데
그가 내 속에 들어온다
뭉게뭉게 피어나 양떼처럼 모여
새털처럼 가지런히 접히진 않더라도
유리창에 우연히 편집된 가을 하늘처럼
한 남자의 전부가 가슴에 뭉클 박힐 때가 있다
무작정 눈물이 날 때가 있다
가을에는, 오늘처럼 곱고 투명한 가을에는
이 세상에서 가장 슬픈 표정으로 문턱을 넘어와

엉금엉금, 그가 내 곁에 앉는다
그럴 때면 그만 허락하고 싶다
사랑이 아니라도, 그 곁에 키를 낮춰 눕고 싶다

사랑이, 혁명이, 시작되기도 전에……

1

혁명이 시작되기도 전에 혁명이 진부해졌다
사랑이 시작되기도 전에 사랑이 진부해졌다

위의 두 문장 사이엔 어떤 논리적 연관도 없습니다
다만

2

예언자들의 더운 피로 통통히 살진 밤, 일요일 밤의 대행진처럼 나도 소리내 웃고 싶지만 채널을 돌리면 딩동댕. 지난 여름이 자막과 함께 흘러가고 담배연기가 목에 걸려 넘어가지 않는다

서른을 통과한 이들은 만만찮은 얼굴을 하고 적들도 우리처럼 지쳤는지 계속 쫑알대고, 빨아 헹굴 어떤 끈적한 현실이 있는 것도 아니지만 세탁기 열심히 돌아가고 딩동댕. 시체처럼 피곤해지는 밤이 몰려온다

3

빨간 고무장갑만 보면 여자는 무서워 아 악 악을 써도 소리가 돼 나오지 않는 혼자 있는 빈집, 귀신이닷! 바람이 들어도 단단히 든 귀신이, 손만 보이는 투명인간이 쓰으윽 일어나 피 묻은 손으로 목을 휘감을 것 같아

숨이 막혀 헉 헉, 못 살겠어요

뭐라구? 헤어지자구?

등 뒤에서 하나둘 창문이 스르르 닫히는, 혁대가 딸각 풀어지는 소리 헉 헉, 그러나 말로 번역될 수 없었던 말들, 때리지 마 제발 때리지만 말아요

도둑맞은 첫사랑이 부패하기 시작하는 냄새 진동하던 그 여름의 오후, 기억을 통과한 상처는 질겨져 있다 저기 저 방충망 바깥에서 윙윙대는 모기처럼 지금은 위험할 것도 없는데……

다만 나오던 땀이 도로 들어가고

다만 설거지 그릇이 달그락거리고

4

요즘은 통 신문 볼 시간이 없어

살아남은 자들은 예언자의 숱 많던 머리칼을 자르고 자기만의 거울을 들여다보는 시간이 길어질수록 책임질 수 있는 것만 책임지려 하고, 바야흐로 총천연색 고해의 계절, 너도나도 속죄받고자 줄을 섰는데……

아직도 골방에서 홀로 노래를 만드는 이 있어 바다, 끓어오르고 산, 넘어지고 시퍼렇게 술, 넘쳐흐르고 딩동댕. 바람이 분다 바람이 불어 바람이 분다니까!

5

조금씩 자주 흔들리는 게 더 안전해

천구백원짜리 마마손 장갑이 내 속을 뒤집어놓고 아픈 내가—내게 아파할 정열이 남아 있던가—장갑을 뒤집는다 채도가 떨어진 붉은색은 더이상 피를 흘리지 않아, 장미빛 인생을 약속할 것 같아, 분홍도 빨강에서 나왔으니, 그러나 다시는 속지 않으마

사랑이, 혁명이 시작되기도 전에 진부해져 썩는 냄새, 곶감 터지듯 하늘 벌어지고 떨어진다 떨어진다 아 – 누가 있어 밑에서 날 받쳐주었으면

혼자라는 건

뜨거운
순대국밥을 먹어본 사람은 알지
혼자라는 건
실비집 식탁에 둘러앉은 굶주린 사내들과 눈을
마주치지 않고 식사를 끝내는 것만큼 힘든 노동이지

고개 숙이고
순대국밥을 먹어본 사람은 알지
들키지 않게 고독을 넘기는 법을
소리를 내면 안돼
수저를 떨어뜨려도 안돼

서둘러
순대국밥을 먹어본 사람은 알지
허기질수록 달래가며 삼켜야 해
체하지 않으려면

안전한 저녁을 보내려면

과일가게에서

사과는 복숭아를 모르고
복숭아는 포도를 모르고
포도는 시어 토라진 밀감을 모르고

이렇게 너희는 서로 다른 곳에서 왔지만
어느 가을날 오후,
부부처럼 만만하게 등을 댄 채
밀고 당기며
붉으락푸르락
이 세상이 아름다워지려는구나

목욕

한때 너를 위해
또 너를 위해
너희들을 위해
씻고 닦고 문지르던 몸
거울처럼 단단하게 늙어가는구나
세탁하지 않아도 빛나는 추억에 밀려
떨어져 앉은 쭈그렁 가슴아
살 떨리게 화장하던 열망은 어디 가고
까칠한 껍질만 벗겨지는구나
헤프게 과거를 빗질하는 저녁
삶아 먹어도 좋을 질긴 시간이여

아도니스를 위한 연가

너의 인생에도
한번쯤
휑한 바람이 불었겠지

바람에 갈대숲이 누울 때처럼
먹구름에 달무리 질 때처럼
남자가 여자를 지나간 자리처럼
시리고 아픈 흔적을 남겼을까

너의 몸 골목골목
너의 뼈 굽이굽이
상처가 호수처럼 괴어 있을까

너의 젊은 이마에도
언젠가
노을이 꽃잎처럼 스러지겠지

그러면 그때 그대와 나
골목골목 굽이굽이
상처를 섞고 흔적을 비벼
너의 심장 가장 깊숙한 곳으로
헤엄치고프다, 사랑하고프다

어떤 게릴라

지금
빛나는 이마에
주름 접히지 않아도
밤은 가까이 와 있다
소리 없이 기척 없이
네 곁에 누워 있다

지금
졸리운 눈까풀에
그림자 드리우지 않아도
네 속에
둥지 틀고 앉아 있다

오지 마, 제발
난 아직 준비가 안 됐어
싸울 준비가 안 됐어

아무리 터지도록 짖어도
녀석은 목구멍 밑부터 치고 올라와
널 삼켜버리지

널름거리는 혀로
네 간을 파먹고
네 피를 말리고
뼈와 살이 타들어가
삼 가르듯
껍질뿐인 널 말아 먹으리라

네 몸안엔 이미 다른 피가 고여
녀석과 간음할 생각으로
배 속이 부글부글 끓어오를 때

칼이 칼집에 익숙해지듯*

자기 안의 욕망에 익숙해지듯
네 안의 어둠에 익숙해지리라

내 나이 서른둘
인생에서 무서운 것은 다 그렇게 오더라
들킬세라 미리 와, 기다리고 있더라

*바이런의 시 「So, We'll Go No More a Roving」에 "For the sword outwears its sheath"라는 구절이 있음.

우리 집

평생 당신이 갖지 못한 것만 꿈꾸신 아버지
자잘토실한 근심들로 광대뼈만 움푹 살진 어머니
아랑곳없이 쑥 쑥 뽀얗게 자라
처녀티 폴짝 벗고도
징그럽게 애비 꿈, 에미 잠 축내는
아귀 같은 딸년들 하나, 둘, 셋
대책 없이 엉겨 덜거덕거리는 푸대자루

사는 이유

투명한 것은 날 취하게 한다
시가 그렇고
술이 그렇고
아가의 뒤뚱한 걸음마가
어제 만난 그의 지친 얼굴이
지하철을 접수한 여중생들의 깔깔웃음이
생각나면 구길 수 있는 흰 종이가
창밖의 비가 그렇고
빗소리를 죽이는 강아지의 컹컹거림이
매일 되풀이되는 어머니의 넋두리가 그렇다

누군가와 싸울 때마다 난 투명해진다
치열하게
비어가며
투명해진다
아직 건재하다는 증명

아직 진통할 수 있다는 증명
아직 살아 있다는 무엇

투명한 것끼리 투명하게 싸운 날은
아무리 마셔도 술이
오르지 않는다

슬픈 까페의 노래

언젠가 한번 와본 듯하다
언젠가 한번 마신 듯하다
이 까페 이 자리 이 불빛 아래
가만있자 저 눈웃음치는 마담
살짝 보조개도 낯익구나

어느 놈하고였더라
시대를 핑계로 어둠을 구실로
객쩍은 욕망에 꽃을 달아줬던 건
아프지 않고도 아픈 척
가렵지 않고도 가려운 척
밤새워 날 세워 핥고 할퀴던
아직 피가 뜨겁던 때인가

있는 과거, 없는 과거 들쑤시어
있는 놈, 없는 년 모다 모아

도마 위에 씹고 또 씹었었지

호호탕탕 훌훌쩝쩝

마시고 두드리고 불러제꼈지

그러다 한두번 눈빛이 엉켰겠지

어쩌면……

부끄럽다 두렵다 이 까페 이 자리는

내 간음(間飮)의 목격자

돌려다오

언제부터인가
너를 의식하면서 나는 문장을 꾸미기 시작했다
피 묻은 보도블록이 흑백으로 편집돼 아침 밥상에
올랐다, 라고 일기장에 씌어 있다

푸른 하늘은 그냥 푸른 게 아니고
진달래는 그냥 붉은 게 아니고
풀이 눕는 데도 순서가 있어
강물도 생각하며 흐르고
시를 쓸 때도 힘을 줘서
말이 말을 부리고

나의 봄은
그렇게 가난한 비유가 아니었다

하늘, 꽃, 바람, 풀

그리고 천천히 움직이던 구름……
어우러진 봄은 하나의 푸짐한 장난감
잘나면 잘난 대로
못나면 못난 대로
마음대로 바라보며 갖고 놀면
어느새 하루가 뚝딱 가버려
배고픈 것도 잊었다
가난은 상처가 되지 않고
사랑이란 말만 들어도 가슴이 뛰던
어리고 싱겁던

나의 봄을 돌려다오
원래 내 것이었던
원래 자연이었던

대청소

봄이 오면
손톱을 깎아야지
깎아도 깎아도 자라나는 기억
썩은 살덩이 밀어내
봄바람에 날려 보내야지

내 청춘의 푸른 잔디, 어지러이 밟힌 자리에
먼지처럼 일어나는 손거스러미도
뿌리째 잘라 없애야지
매끄럽게 다듬어진 마디마디
말갛게 돋아나는 장미빛 투명으로
새롭게 내일을 시작하리라

그림자 짧아지고
해자락 늘어지게 하품하는, 봄이 오면
일어나 머리 감고 손톱을 깎아야지

해바른 창가에 기대앉아
쓸어버려야 해, 훌훌
봄볕에 겨워 미친 척 일어나지 못하게
묻어버려야 해, 영영

봄이 오면
죽은 것들을 모아 새롭게 장사 지내야지
비석을 다시 일으키고 꽃도 한줌 뿌리리라
다시 잠들기 전에
꿈꾸기 전에

다시 찾은 봄

4월

5월

6월

1961년 태어난 나는 기억할 달이 너무 많아, 해산일 앞둔 임부처럼 누워서 달력을 넘긴다

*

4 · 19를 맞이해 나는 어떤 노래도 뽑지 않으리

나와 관계없이 내 속에 웅크린 기억

그 기억의 싱싱한 톱날, 다듬을수록 날이 서던 상처

다 떠나거라

나도 모르게 내 속에 씨 뿌린 열망

그 열망의 숱 많은 머리 틈으로 쳐들어오던 바람

모두 고개 숙이고 청춘의 뒷문으로 사라지거라

*

다시 찾은 학생회관, 공터에선 스물을 갓 넘긴 아이들이 빈 우유갑으로 제기를 차고 걸음을 뗄 때마다 툭 툭 실밥 터지듯 벌어지던 하늘, 진달래 개나리 목련 저희 맘대로 함께 피었다 차례차례 스러지는 어느 흐드러진 봄날, 교정을 나서며 나는 이를 악물었다 4 · 19를 맞이해 어떤 노래도 뽑지 않으리, 뜨거운 국수가락처럼 헐떡이던 혀

북한산에 첫눈 오던 날

미처 피할 새도 없이
겨울이 가을을 덮친다

울긋불긋
위에
희끗희끗

층층이 무너지는 소리도 없이
죽음이 삶의 마지막 몸부림 위에 내려앉는 아침

네가 지키려 한 여름이, 가을이
한번 싸워보지도 못하고 가는구나

내일이면 더 순수해질 단풍의 붉은 피를 위해
미처 피할 새도 없이
첫눈이 ……

폭풍주의보

천지간 어디,
삼십년 고이 썩힌 울음 받아줄 품 있을까마는
쫓고 쫓기어 늙은 여관방
오르내리 치대는 하룻밤 흥정처럼
창밖으론 바다가 수다스럽게 끓어오르고
하늘도 물도 검게 풀려
희망과 절망처럼 쉽게 서로 넘나드니
어디가 시작이고 어디가 끝인지
밤안개 피어 도져도
지평선을 묻지는 않기로 했다
고통은 고통끼리 정붙여
살 맞대고 물어뜯는 밤,
치욕은 또다른 치욕으로만 씻기느니
아무것도 그냥은 사라지지 않는다
폭풍주의보에 묶인 겨울, 땅끝 마을에서도

인생

달리는 열차에 앉아 창밖을 더듬노라면
가까운 나무들은 휙휙 형체도 없이 도망가고
먼 산만 오롯이 풍경으로 잡힌다

겨울을 물리친 강둑에 아물아물
아지랑이 피어오르고
시간은 레일 위에 미끄러져
한쌍의 팽팽한 선일 뿐인데

인생길도 그런 것인가
더듬으면 달음치고
돌아서면 잡히는
흔들리는 유리창 머리 묻고 생각해본다

바퀴 소리 덜컹덜컹
총알처럼 가슴에 박히는데

그 속에

내가 있고 네가 있고

못다 한 우리의 시름이 있는

가까웠다 멀어지는 바깥세상은

졸리운 눈 속으로 얼키설키 감겨오는데

전선 위에 무심히 내려앉은

저걸,

하늘이라고 그러던가

나의 대학

이제 말할 수 있을지 모릅니다

우리 떠난 뒤에 무성해진 초원에 대해
끝날 줄 모르는 계단에 대해
우리 시야를 간단히 유린하던 새떼에 대해

청유형 어미로 끝나는 동사들,
머뭇거리며 섞이던 목소리에 대해
여름이 끝날 때마다 짧아지는 머리칼,
예정된 사라짐에 대해
혼자만이 아는 배신,
한밤중 스탠드 주위에 엉기던 피 냄새에 대해

그대, 내가 사랑했던 이름이여

나란히 접은 책상 다리들에 대해

벽 없이 기대앉은 등,
세상을 혼자 떠받친 듯
무거운 어깨 위에 내리던 어둠에 대해
가능한 모든 대립항들,
시력을 해치던 최초의 이편과 저편에 대해

그대, 내가 배반했을지도 모를 이름이여

첫번째 긴 고백에 대해
너무 무거웠다 가벼워지던
저마다 키워온 비밀에 대해
뜨거운 커피에 적신 크래커처럼
쉽게 부서지던 사랑에 대해

아무것도 할 수 없었던 어느날 오후에 대해
아, 끝끝내, 누구의 무엇도 아니었던 스무살에 대해

그대, 내가 잊었을지도 모를 이름이여

그렁그렁, 십년 만에 울리던 전화벨에 대해
그 아침, 새싹들의 눈부신 초연함에 대해

이 모든 것들에 대해 긴 이야기를 나눌 수 있을지요
내 노래에 맞춰 춤을 춰줄, 한 사람쯤 있는지요

3부

지하철에서

지하철에서 1

나는 보았다
밥벌레들이 순대 속으로 기어들어가는 것을

지하철에서 2

다음 역은 신림 新林역입니다
내리실 문은 오른쪽 옳은 쪽입니다
다음 역은……
안내방송이 이바구하는데 문득 나는
굳게 다문 왼쪽 입口로 나가고 싶어졌다

한번 그렇게 생각을 만드니
왼쪽으로 왼쪽으로
돌아가는 고개, 되돌리려는 아침

지각 10분 전, 5분 전, 아아 1분 전,
얼굴 없는 시간에 쫓겨
헤어무스 땀내 방귀 정액의 끈끈한
주소 없는 냄새들에 떠밀려
이리 흔들 저리 뒤뚱
그래도 악! 생각할 한뼘 공간 찾아

두 눈 홉뜨고 아등바등 무게 잡는

나 혼자만 유배된 게 아닐까
지상에서 지하로
지옥철로 밀려난 게 아닐까

철커덕,

다음 역은 신림 新林역입니다
내리실 문은 오른쪽 옳은 쪽입니다
다음 역은……

지하철에서 3

땅속에서 눌린 돼지 머릿고기처럼 포개진 너와 나, 우리는 이곳의 주인이었던 돌과 흙만큼 단단히 서로를 붙잡을 수 있을까? 어머니인 대지, 마그마의 자궁에서 잉태된 돌보다 뜨거운 피로 지금 사랑하려는 사람들아… 위에서 우리를 밟고 우리 밑을 우리가 밟는다 흑흑흑 우리는 너희를 밟았다 돌돌돌 우리는 너희를 깨부쉈다 죽였다 다시 살렸다 반듯하게 새옷을 입혀 계단을 깔고 벽을 세운 우리는, 이 땅의 주인들을 짓밟고 그들의 시체로 신도시를 건설한 우리는, 그들만큼 철저히 서로를 망가뜨릴 수 있을까 그들만큼 완벽(完璧)한 하나가 될 수 있을까 그들, 돌과 흙처럼 깊이 서로를 간직할 수 있을까?

지하철에서 5

그의 엉덩이와
나의 가슴이 기대며 벽을 쌓고
그의 신문과
나의 소설이 함께 흔들린다
그의 근심과
나의 불만이 차례로 혀를 차고
그의 하품과
나의 한숨이 나란히 입을 벌린다
그의 짜장면과
나의 비빔밥이 엇갈려 꾸륵대고

그의 고독과
나의 외로움이 옷깃 여미는
오전 8시 지하철에선 아무도 말을 걸지 않지만

그의 시계와

나의 시계가 줄을 맞추고

그의 인생과
나의 살이가 바둥대다 섞이며
천천히 우리는 늙어간다

그의 부처님과
나의 하느님이 함께 내려다보시며
맙소사
나무관세음보살

새들은 아직도……

아스팔트 사이사이
겨울나무 헐벗은 가지 위에
휘영청 쏟아질 듯 집을 짓는구나

된바람 매연도 아랑곳 않고
포클레인 드르륵 놀이터 왕왕시끌도
끄떡없을 너희만의 왕국을 가꾸는구나
부우연 서울 하늘 무색타
까맣게 집을 박는구나

봄이면 알 낳고 새끼 치려고
북한산 죽은 가지 베물고
햇새벽 어둠 굼뜨다 훠이훠이
부지런히 푸들거리는구나

무어 더 볼 게 있다고

무어 더 바랄 게 있다고

사람 사는 이 세상 떠나지 않고
아직도
정말 아직도 집을 짓는구나

게으른 이불 속 코나 후빌 때
소련 붕괴 뉴스에 아침 식탁 웅성거릴 때
소리 없이 소문 없이
집 하나 짓고 있었구나

자꾸만 커지는구나
갈수록 둥그레지는구나

봄바람 싸한 냄새만 맡아도
우르르 알을 까겠지

모스끄바에서도 소리 없이
둥그렇게 새가 집을 지을까?

내 가슴에 부끄러움 박으며
새들은 오늘도 집을 짓는구나

짝사랑

우연히 동승한 타인의 차

안전벨트로 조여오는 침묵의 힘

다리를 꼰 채 유리 속에 갇힌 상사(相思)

밀고 밀리며

스스로를 묶어내는, 살 떨리는 집중이여

Personal Computer

새로운 시간을 입력하세요
그는 점잖게 말한다

노련한 공화국처럼
품 안의 계집처럼
그는 부드럽게 명령한다
준비가 됐으면 아무 키나 누르세요
그는 관대하기까지 하다

연습을 계속할까요 아니면
메뉴로 돌아갈까요?
그는 물어볼 줄도 안다
잘못되었거나 없습니다

그는 항상 빠져나갈 키를 갖고 있다
능란한 외교관처럼 모든 걸 알고 있고

아무것도 모른다

이 파일엔 접근할 수 없습니다
때때로 그는 정중히 거절한다
그렇게 그는 길들인다
자기 앞에 무릎 꿇은, 오른손 왼손
빨간 매니큐어 14K 다이아 살찐 손
기름때 꾀죄죄 핏발 선 소온,
솔솔 꺾어
길들인다

민감한 그는 바이러스에 걸리기도 하는데
그럴 때마다 쿠데타를 꿈꾼다
돌아가십시오! 화면의 초기 상태로
그대가 비롯된 곳, 그대의 뿌리, 그대의 고향으로
낚시터로 강단으로 공장으로

모오두 돌아가십시오

이 기록을 삭제해도 될까요?
친절하게도 그는 유감스러운 과거를 지워준다
깨끗이, 없었던 듯, 없애준다

우리의 시간과 정열을 그대에게

어쨌든 그는 매우 인간적이다
필요할 때 늘 곁에서 깜박거리는
친구보다도 낫다
애인보다도 낫다
말은 없어도 알아서 챙겨주는
그 앞에서 한없이 착해지고픈
이게 사랑이라면
아아 컴—퓨—터와 씹할 수만 있다면!

차(茶)와 동정(同情)

내 마음을 받아달라고
밑구녁까지 보이며 애원했건만
네가 준 것은
차와
동정뿐

내 마음은 허겁지겁
미지근한 동정에도 입술을 데었고
너덜너덜 해진 자존심을 붙들고
오늘도 거울 앞에 섰다

봄이라고
개나리가 피었다 지는 줄도 모르고……

24시간 편의점

1

언제든지 들러다오, 편리한 때
발길 닿는 대로 눈길 가는 대로
시동 끄고 아무데나 멈추면 돼

거기 내가 있을게
꽃가마 없어도 연지 찍고 곤지 찍고
밤새워 불 밝히며
기다리고 있을게

2

오늘은 어쩐지
불을 켠 채 잠들고 싶다

해거름 술이 올라
아침이면 한없이 착해질

욕망도 당당히 자기를 주장하고
철 지난 달력이 넘겨달라 아우성
읽어달라 애원하는 저 거룩한 이름의 시집들
간절한 눈빛 외면한 채
더듬거리며 형광등 스위치를
내렸다 다시 올린다

3
언제든지 들러다오, 편리한 때
마음 가는 대로 발길 닿는 대로
아무데나 멈추면 돼
노동의 검은 기름 찌든 때 깨끗이 샤워하고
죽은 듯이 아름답게 진열대에 누운
저 물건들처럼 24시간 반짝이며
기다리고 있을게, 너의 손길을
여기는 너의 왕국

그저 건드리기만 하면 돼

눈길 가는 대로 한번, 건드리기만 하면 돼

4

오늘은 어쩐지

너를 기다리며 자고 싶다

철 지난 달력도

거룩한 이름의 시집도

가슴에 불을 켜고 자는 밤

라디오 뉴스

무언가 버틸 것이 있다는 건 좋은 일이지
아이든 집이든 서푼 같은 직장이든
어딘가 비빌 데가
있다는 건 좋은 일이지
아프가니스탄의 총소리도 잊을 수 있고
사막의 먼지 위에 내리는 눈* 녹듯 잊을 수 있고
아이 떼놓고 울부짖는 엄마의 넋 나간 얼굴도
창밖으로 훌훌 털어버릴 수 있지
버스만 내리면, 이거 또 지각인가
손목시계 내려다보며 혀 끌끌 차며
정말 아무렇게나 잊을 수 있지
무언가 버틸 게
있다는 건 무조건 좋은 일이지
특히 오늘같이 세상 시끄러운 날은

*오마르 하이얌 『루바이야트』에서

관록 있는 구두의 밤 산책

새벽 1시,
자동차도 행인도 무장해제된 거리는 깨끗해졌다
어디선가 귀뚜라미 보일러 돌아가는 소리가
기적처럼 들리고 관록 있는 구두는 안다
이순신 장군 동상 앞에 껌이 몇개 붙어 있는지
골목에 주둔한 쓰레기 트럭은
탱크처럼 뚜껑이 열려 있다
우리들의 미숙한 사랑이 묻힌 곳,
일렬종대 가로등을 따라가보면
환하게 불 켜진 병원이 나오고
분만할 것도 없으면서 진통하는 자는 오늘밤
잠을 이루지 못할 것이다

새벽 1시, 내가 이 도시를 가장 잘 알게 되는 시간
어둠은 반밖에 완성되지 못했다 어디에서건
헤프게 모로 누운 산이 보이고 과묵한 빌딩들은

높이로만 구분될 뿐이다
도심 한가운데 터널이 뜨거운 아가리를 벌리고
검문을 마친 바퀴는 서둘러 액셀러레이터를 밟는다

편리하게도 편리하게도
부지런한 욕망에는 소실점이 없어

Buy the Way　그런데 말이지
Seven-Eleven　7시부터 11시까지, 11시부터 7시까지
Day and Night　자본은 해가 지는 법이 없지, 깜박 깜박
Circle K　계속해, 계속 돌아가야 도태되지 않는데
LG 25　카운터의 청년은 졸린가보다

퇴화되지 못한 습관은 하품을 하고
이쪽과 저쪽, 문밖과 문안
가장 강력한 힘은 접점에 몰려 있다

내가 벗어나지 못한 가난은 쇼윈도우처럼 투명한데
김밥을 싸지 못해 소풍 가기 싫은 아이는
지금도 오줌을 쌀까

새벽 1시, 내가 이 도시를 가장 좋아하는 시간
신문사 전광판은 총천연색으로 오늘의 세계를 번역
한다

현재 기온 22℃	→	유고 내전	→	종합주가지수 512.54
습도 66%		종식 합의		거래량 995만주

6월과 9월의 평균기온은 같다고
마음만 먹으면 여기선 어떤 거래도 성사될 수 있다고
빨강에서 초록으로 건너뛰는 덴 1초도 안 걸린다고

관록 있는 구두는 안다
이곳에는 터널 수만큼 많은 다리가 있고
내일을 위해 사람들은 강을 건너는데
돌아보지도 않고 루비콘 강을 건너는데
모른 척 술잔을 기울이는 자여, 돌아갈 데가 없는가
닳고닳은 살들이 서로를 이해하려 스탠드를 끄고
서울역 광장의 인구시계가 한번 더 찰칵 돌아가면
내일 아침 새로 뽑은 쏘나타 몇대가 굴러다니고
기다릴 무엇이 없는 이는 재미없는 소설책을 덮으며
졸리운 눈을 비빌 것이다
그리고, 그리고 누구인가
지금 심각하게 자살을 꿈꿀지도 모른다

헤매는 구두를 기다리는 건
밟히기 직전의 쥐새끼 한마리.

4부

내 마음의 비무장지대

생각이 미쳐 시가 되고……

시골집 툇마루 요강에 걸터앉아 추석 앞두고 부푼 달을 쳐다보며 생각한다 로댕의 생각하는 사람을, 지금 내 모습이 닮지 않았나? 또 생각해본다 시를 써서 밥을 먹으면 좋겠다, 아니 그보다도 연애를 하면, 시를 빙자해 괜찮은 남자 하나 추수할 수 있다면, 파렴치하게 저 달처럼 부풀 수 있다면……

항상 너무 넘치거나 모자랐지, 놋쇠 바닥에 물줄기 듣는 소리가 똑 똑 시처럼 들리고 어둑어둑한 게 아쉽게도 깊은 밤. 사실은 그게 더 아쉬운데도 힘을 줘 짜내지 않고 로댕처럼 무릎에 팔을 괴고 생각해본다 생각이 미쳐 시가 되고 시가 미쳐 사랑이 될 때까지……

꿈속의 꿈

어젯밤
꿈속에서
그대와 그것을 했다

그 모습 그리며
실실 웃다
오늘 아침 밥상머리
돌을 씹었다

그대에게 가는 마음 한끝
콱!
깨물며 태어난
눈물 한방울.

영수증

하느님 아버지
여기 제가 왔습니다
당신이 불러주지 않아도
이렇게 와 섰습니다

제게 주어진 시간을 빈틈없이 채우고
마지막 셈을 마쳤으니
부디 영수증 하나 끊어주시죠

제 것이 아닌 시간도 넘보며 훔치며
짐을 쌌다 풀었다
한 세월 놀다 갑니다
지상에서 제가 일용한 양식
일용한 몸, 일용한 이름
날마다의 고독과 욕망과 죄, 한꺼번에 돌려드리니
부디 거둬주시죠

당신이 보여주신 세상이 제 맘에 들지 않아
한번 바꿔보려 했습니다

그 뜻이 하늘에서처럼
땅 위에서도 이루어지지 않아
당신이 지어낸 하루가 밤과 낮 나뉘듯
취했을 때와 깰 때
세상은 이토록
달라 보일 수 있다니
앞으로 보여주실 세상은 또 얼마나 놀라울까요

하느님 아버지
여기 제가 왔습니다
숙제 끝낸 어린애처럼 손들고 섰습니다
부디 영수증 하나 끊어주세요

사랑의 힘

커피를 끓어넘치게 하고
죽은 자를 무덤에서 일으키고
촛불을 춤추게 하는

사랑이 아니라면
밤도 밤이 아니다
술잔은 향기를 모으지 못하고
종소리는 퍼지지 않는다

그림자는 언제나 그림자
나무는 나무
강물은 흐르지 않는다

사랑이 아니라면
겨울은 뿌리째 겨울
꽃은 시들 새도 없이 말라 죽고

아이들은 옷을 벗지 못한다

머리칼이 자라나고
초승달을 부풀게 하는 사랑이 아니라면
처녀는 창가에 앉지 않고
태양은 솜이불을 말리지 못한다

석양이 문턱에 서성이고
베갯머리 노래를 못 잊게 하는
그런 사랑이 아니라면
미인은 늙지 않으리
여름은 감탄도 없이 시들고
아카시아는 독을 뿜는다

한밤중에 기대앉아
바보도 시를 쓰고

멀쩡한 사람도 미치게 하는
정녕 사랑이 아니라면
아무도 기꺼이 속아주지 않으리

책장의 먼지를 털어내고
역사를 다시 쓰게 하는
사랑이 아니라면 계단은 닳지 않고
아무도 문을 두드리지 않는다

커피를 끓어넘치게 하고
죽은 자를 무덤에서 일으키고
촛불을 춤추게 하는
사랑이 아니라면……

어쩌자고

날씨 한번 더럽게 좋구나
속 뒤집어놓는, 저기 저 감칠 햇빛
어쩌자고 봄이 오는가
사시사철 봄처럼 뜬 속인데
시궁창이라도 개울물 더 또렷이
졸 졸
겨우내 비껴가던 바람도
품속으로 꼬옥 파고드는데
어느 환장할 꽃이 피고 지려 하는가

죽 쒀서 개 줬다고
갈아엎자 들어서고
겹겹이 배반당한 이 땅
줄줄이 피멍 든 가슴들에
무어 더러운 봄이 오려 하느냐
어쩌자고 봄이 또 온단 말이냐

또다시 희미한 옛사랑의 그림자

불 꺼진 방마다 머뭇거리며
거울은 주름살 새로 만들고
멀리 있어도 비릿한, 냄새를 맡는다
기지개 켜는 정충들 발아하는 새싹의 비명
무덤가의 흙들도 어깨 들썩이고
춤추며 절뚝거리며 4월은 깨어난다

더러워도 물이라고, 한강은 아침해 맞받아 반짝이고
요한 슈트라우스 왈츠가 짧게 울려퍼진 다음
9시 뉴스에선 넥타이를 맨 신사들이 귀엣말을 나누고
청년들은 하나둘 머리띠를 묶는다

그때였지
저 혼자 돌아다니다 지친 바람이 만나는
가슴마다 들쑤시며 거리는 초저녁부터 술렁였지
발기한 눈알들로 술집은 거품 일듯

밤공기 더 축축해졌지
너도나도 건배다!
딱 한잔만
아무도 끝까지 듣지 않는 노래는 겹없이 쌓이고
화장실 갔다 올 때마다 허리띠 고쳐 맸건만
그럴듯한 음모 하나 못 꾸민 채 낙태된 우리들의
사랑과 분노, 어디 버릴 데 없어
부추기며 삭이며 서로의 중년을 염탐하던 밤
새벽이 오기 전에 술꾼들은 무릎을 세워 일어났다
택시! 부르는 손들만 하얗게 텅 빈 거리를 지키던 밤
4월은 비틀거리며 우리 곁을 스쳐갔다

해마다 맞는 봄이건만 언제나 새로운 건
그래도 벗이여, 추억이라는 건가

자본론

맑시즘이 있기 전에 맑스가 있었고
맑스가 있기 전에 한 인간이 있었다
맨체스터의 방직공장에서 토요일 저녁 쏟아져나오는
피기도 전에 시드는 꽃들을, 집요하게, 연민하던,

한 남자를 잊는다는 건

잡념처럼 아무데서나 돋아나는
그 얼굴을 밟는다는 건
웃고 떠들고 마시며 한 남자를 보낸다는 건
뚜 뚜 가슴을 때리는 소리를 들으며
전화기를 내려놓는다는 건
편지지의 갈피가 해질 때까지 한 시절을 접는다는 건
비 갠 하늘에 물감 번지듯 피어나는 구름을 보며
한때의 소나기를 잊는다는 건
낯익은 골목, 등 너머로 덮쳐오는
그림자를 지운다는 건
한 세계를 버리고 또 한 세계에 몸을 맡기기 전에
초조해진다는 건
논리를 넘어 시를 넘어 한 남자를 잊는다는 건
잡념처럼 아무데서나 돋아나는
그 얼굴을 뭉갠다는 건

내 속의 가을

바람이 불면 나는 가을이다

높고 푸른 하늘이 없어도
뒹구는 낙엽이 없어도
지하철 플랫폼에 앉으면
시속 100킬로로 달려드는 시멘트 바람에
낡은 초상들이 몰려왔다 흩어지는

창가에 서면 나는 가을이다

따뜻한 커피가 없어도
녹아드는 선율이 없어도
바람이 불면
5월의 풍성한 잎들 사이로 수많은 내가 보이고
거쳐온 방마다 구석구석 반짝이는 먼지도 보이고
어쩌다 네가 비치면, 가을이다

담배연기도 빳빳한 그리움 지우지 못해

알루미늄 새시에 잘려진 풍경 한 컷,

우수수

네가 없으면 나는 가을이다

팔짱을 끼고

가 - 을

담배에 대하여

그날밤 첫사랑 은하수, 눈이 시리도록 매운
스무살의 서투른 연정, 아무래도 감출 수 없는
서투른 입술로, 떨리는 손으로
피울락 말락 망설이는
태워지지 않는 빽빽한 고뇌로
이빨 자국 선명한 초조와 기대로
파름한 연기에 속아 대책 없는 밤들을 보내고

내 입술은 순결을 잃은 지 오래
한해 두해 넘을 때마다 그것도 연륜이라고
이제는 기침도 않고 입에 붙는데
웬만한 일에는 웃지도 울지도 않아
아무렇지도 않게 슬슬 비벼 끄는데
성냥갑 속에 갇힌 성냥개비처럼
가지런히 남은 세월을 차례로 꺾으면
여유가 훈장처럼 이마빡에 반짝일

그런 날도 있으련만, 그대여
육백원만큼 순하고 부드러워진 그대여
그날까지 내 속을 부지런히 태워주렴
어차피 답은 저기 조금 젖힌 창문 너머 있을 터
미처 불어 날리지 못한 추억에로 깊이 닿아
마침내 한줄기 연기로 쉴 때까지
그대여, 부지런히 이 몸을 없애주렴

어떤 윤회(輪廻)

4월의 혼백들이 꽃으로
피어난다는 말을
나는 믿지 않는다

5월에 떠난 넋들이 바람 되어
흐득흐득 운다는 시도
나는 믿지 않는다

6월, 그 뜨겁던 거리
내 눈앞에서 스러진 어떤 젊음이
꽃으로 바람으로 또 무엇으로
다시 태어난다는 노래를 나는 믿을 수 없어
꿈에라도 믿을 수 없어

그렇게 멀리 구르지 않아도
꽃 따로 바람 따로 떠돌지 않아도

다시 살아 눈뜬 아침,

스탠드 켜고 육박해오는
이 심심(心心) 빼근한 아우성, 아우성

내 마음의 비무장지대

커피도 홍차도 아니야
재미없는 소설책을 밤늦도록 붙잡고 있는 건
비 그친 뒤에도 우산을 접지 못하는 건
짐을 쌌다 풀었다 옷만 갈아입는 건
어제의 시를 고쳐 쓰게 하는 건
커피도 홍차도 아니야

울 수도 웃을 수도 없어
돌아누워도 엎드려도
머리를 헝클어도 묶어보아도

새침 떨어볼까요 청승 부려볼까요
처맨 손 어디 둘 곳 몰라
찻잔을 쥘까요 무릎 위에 단정히 놓을까요
은근히 내리깔까요 슬쩍 훔쳐볼까요
들쑥날쑥 끓는 속 어디 맬 곳 몰라

계절이 바뀔 때마다 가슴속 뒤져보면
어딘가 남아 있을, 잡초 우거진
내 마음의 비무장지대에 그대, 들어오겠나요
어느날 문득 소나기 밑을 젖어보겠나요

잘 달인 추억 한술
취해서 꾸벅이는 밤
너에게로, 너의 정지된 어깨 너머로
잠수해 들어가고픈

비라도 내렸으면

시(詩)

나는 내 시에서
돈 냄새가 나면 좋겠다

빳빳한 수표가 아니라 손때 꼬깃한 지폐
청소부 아저씨의 땀에 전 남방 호주머니로 비치는
깻잎 같은 만원권 한장의 푸르름
나는 내 시에서 간직하면 좋겠다
퇴근길의 뻑적지근한 매연 가루, 기름칠한 피로
새벽 1시 병원의 불빛이 새어나오는 시
반지하 연립의 스탠드 켠 한숨처럼
하늘로 오르지도 땅으로 꺼지지도 못해
그래서 더 아찔하게 버티고 서 있는

하느님, 부처님
썩지도 않을 고상한 이름이 아니라
먼지 날리는 책갈피가 아니라

지친 몸에서 몸으로 거듭나는
아픈 입에서 입으로 깊어지는 노래
절간 뒷간의 면벽한 허무가 아니라
지하철 광고의 한 문장으로 똑떨어지는 고독이 아니라
사람 사는 밑구녁 후미진 골목마다
범벅한 사연들 끌어안고 벼리고 달인 시
비평가 하나 녹이진 못해도
늙은 작부 뜨듯한 눈시울 적셔주는 시
구르고 구르다 어쩌다 당신 발끝에 차이면
쩔렁! 소리 내어 울 수 있는

나는 내 시가
동전처럼 닳아 질겨지면 좋겠다

| 발문 |

응큼 떨지 않는 서울내기 시인

—김용택 (시인)

1

2년 전 여름방학 때 나는 서울에 갈 일이 있어 볼일을 다 보고 '창비'에 들렀었다. 광웅이 형님하고 남주 형하고 나하고 어디 서울에 구경할 만한 곳을 찾다가 내가 아는 어떤 형이 차가 있고 서울에 오래 살았으니 그 형을 부르자고 했다. 시간이 좀 남아서 나는 창작과비평사 위층에 있는 사랑방엘 갔었다. 마침 김사인이 앉아서 무슨 글묶음을 보고 있길래 나도 좀 보자고 했다. 거기 최영미의 시가 한묶음 있었다. 실히 시집 한권 분량은 되어 보였다. 나는 광웅이 형님을 기다리기도 심심해서 시들을 읽어갔다. 얼른얼른 대충대충 시를 읽어가는데 몇편의 시가 기억에 자꾸 남았다. 그래서 참 좋다고 했고, 이 거대한, 감당하기 힘든 서울,

도시에 대해서, 최영미 시에 대해서 이야길 한 기억이 난다.

광웅이 형님, 나, 남주 형 그리고 그 사업하는 차주인인 형하고 우리들은 남한산성에 갔었다. 양평인가 어딘가 호숫가로 놀러 갔었다. 그리고 헤어져서 나는 아파트만 무지무지 많은 어느 허허벌판인 광웅이 형님이 사시는 집에 가서 저녁을 보냈었다. 아침에 시골에 내려간다고 하니 광웅이 형님이 기어이 고속터미널까지 배웅을 해주겠다고 했다. 한시간 반쯤 걸려 강남터미널에 내려서 우린 둘 다 지쳐버렸다. 공중전화박스가 있는 정문 옆에 웬 라면박스가 있길래 우린 그걸 쭉 찢어 나눠 둘이 다리를 쭉 뻗고 앉아, 터미널 주변의 차와 지겹게 더운 날씨와 지독하게 많은 사람들을 보며 어지러워했다. 그때였다. 그때였다는 말이 그렇게 실감날 수가 없는 일을 우린 보았던 것이다. 터미널 광장 가에 쭉 심긴 플라타너스 그 심란스러운 나뭇잎 속에서 매미가 지독하게 많이 울고 있었다. 아, 이 번잡하고 자질구레하고 찌든 매연 속에서, 저 시끄러운 자동차 소리, 사람들 소리 속에서 매미가 집단으로 와그르르 울고 있었던 것이다. "형님, 저 나무들 속에서 매미가 울어요!" 내가 외쳤다. "어머나, 그렇구마인-" 광웅이 형님과 나는 자리에서 일어나 그 웃기게 생겨먹은 플라타너스 나무 밑으로 가서 매미들을 올려다보았다. 매미는 우리 동네에서 '와가리'라고 하는 매미였다. 매미 중에서 제일 크고 등의 검은빛이 유난히 반짝거리는 놈으로 한여름 느티나무 아래서 징허게 울다가 일제히 뚝 그치고 잠잠한가 하면 다시 와그르르 일제히 우는 매미였던 것이다. 내겐 참으로 큰 충격이었다. 서울 한복판에서도 매미가 운다. 매미가 울어. 나는 고함이라도 지르고 싶었다. 문득 전날 읽었던 최영미의 시가 생각났다. 황지우의 시 「새들도 세상을 뜨는구나」를 연상시키는, 그러나 그와 정반대의, 정색을 한 시.

아스팔트 사이사이
겨울나무 헐벗은 가지 위에
휘영청 쏟아질 듯 집을 짓는구나
된바람 매연도 아랑곳 않고
포클레인 드르륵 놀이터 왕왕시끌도
끄떡없을 너희만의 왕국을 가꾸는구나

부우연 서울 하늘 무색타
까맣게 집을 박는구나

봄이면 알 낳고 새끼 치려고
북한산 죽은 가지 베물고
햇새벽 어둠 굼뜨다 훠이훠이
부지런히 푸들거리는구나

무어 더 볼 게 있다고
무어 더 바랄 게 있다고

사람 사는 이 세상 떠나지 않고
아직도
정말 아직도 집을 짓는구나

게으른 이불 속 코나 후빌 때
소련 붕괴 뉴스에 아침 식탁 웅성거릴 때
소리 없이 소문 없이
집 하나 짓고 있었구나

자꾸만 커지는구나
갈수록 둥그레지는구나

봄바람 싸한 냄새만 맡아도
우르르 알을 까겠지

모스끄바에서도 소리 없이
둥그렇게 새가 집을 지을까?

내 가슴에 부끄러움 박으며
새들은 오늘도 집을 짓는구나

—「새들은 아직도……」 전문

내가 여기서 주목하고자 하는 것은 모스끄바니 소련 붕괴니 하는 그런 일들의 이야기가 결코 아니다. "새들은 오늘도 집을 짓는구나"라는 끝 구절이다.

서울, 나에게 서울은 도대체 어떤 곳이며 어떻게 보이는가. 난 서울에 가기를 지옥에 가는 것만큼이나 싫어한다. 한번 떨어진 운전면허 시험을 다시는 보러 가지 않겠다고 다짐하는 그 다짐과 맞먹는, 가기 싫은 곳이다. 서울은 너무 크다. 이시영이네 은마아파트가 나는 도대체 지금도 어데 있는지 캄캄하다. 마포 창비 가는 길을 나는 아직도 건물 하나 기억하지 못한다. 서울의 관문인 양재동 톨게이트를 지나 강남터미널에 딱 내리는 순간 나는 서울에 온 것을 후회하지 않은 적이 한번도 없다. 이 어마어마한 곳. 내겐 도저히 어느 것 하나 감이 잡히지 않는 곳, 이 통제불능의 괴물을 나는 사람이 사는 동네라고 생각해본 적이 없다. 서울이 몇가구나 되는지 몰라도, 우리 동네 가구 수는 24가구이다. 서울 인구가 일천만을 웃돈다지만 우리 동네 인구는 잘해야 80명이다. 그런 곳에서만 살았으니 너무나도 내겐 당연하게 서울이 공포의 대상이다. 그런데 나만 그런 게 아니고 내가 만난 서울사람들 중 서울에서 살고 싶다는 사람을 나는 보지 못했다. 서울 이야기만 나오면 하나같이 서울을 욕하고 저주하고 힘 모아 매도하던 것이다. 모두 다 하나같이, 서울은 사람 살 곳이 못 된다고, 그리고 그들은 시를 쓴다. 서울을 떠나자고, 서울이 싫다고, 서울이 질린다고. 자기들이 살아가는 곳을 그렇게 저주하고 욕하다니 웃기는 짜장면 아닌가. 나는 한번도 내가 사는 이곳을 그렇게 욕해본 적이 없는데 말이다. 그런데 거기 이렇게 당당하게 최영미는 '오늘도 집을 짓고' 있었던 것이다.

2

최영미의 시를 처음 대했을 때 이상한 예감이 떠올랐던 기억이 지금도 새롭다. 이 시인이 나보고 발문을 쓰라고 하면 어떻게 하지 하는 이상한 불안감이 내 머리를 스쳐갔다. 그런데 아니나 다를까, 내 예감은 적중했다. 그리고 나는 불안했다. 겨울방학이 시작될 즈음 인간 김영현이하고 최영미가 발문 부탁을 하러 전주엘 왔었다. 나는 몇달 동안 내장이 어디가 곪았는지 썩었는지 끙끙 앓고 있는데 말이다. 불안이 적중해버린 것이다.

나는 무겁고 풀기 힘든 큰 숙제를 하나 윗목에 두고 끙끙거렸다. 풀 수 없는 숙제를 준 선생님을 욕하는 학생의 심정으로 나는 방학 동안 내내 집에서 혼자 지냈다. 밥 먹고 자고 놀고 혼자 솔숲 우거진 산속을 헤매고 펄펄 눈을 맞았다. 문득문득 최영미의 시가 집에 있다는 게 영 개운하지가 않았다. 아니, 발문을 써야 한다는 게 늘 무겁게 내 쑤시는 위장 어디를 더 아프게 했다. 난 빙빙 그 주위를 맴돌 뿐 얼른 달려들질 못했다. 최영미가 준 봉투를 열어보지도 않은 채 방학이 다 끝나버렸다. 영미 고것도 전화 한통화 하지 않고 은근히 묵묵히 참고 있는 중일 것이다. 두고 보자는 심보일 터이다.

내가 최영미를 만난 것은 딱 세번이다. 한번은 창비 사무실에서 만나 창비 건물 지하식당에서 정혜렴 선생님이랑 점심을 한상에서 먹었다. 그리고 한번은 영미가 우리 동네엘 왔었다. 강변엔 자운영꽃이 곱디곱게 흩어져 피어 있을 때였다. 또 한번은 석영이 형님 면회를 같이 갔었다.

처음 만났을 때 최영미는 키가 나보다 목 하나는 더 긴 늘씬한 여자였다. 내가 최영미를 좋아하게 된 것은 그가 미술사학을 전공하고 있고 미술에 대해서 많은 것을 알고(?) 있기 때문이었다. 그리고 요즈음의 우리 시를 자신만만하게 우습게 생각하고 있다는 것 때문이었다. 나는 그에게서 곰브리치의 『서양미술사』를 소개받아 읽었고 캐힐의 『중국회화사』를 소개받아 읽었으며, 무엇보다도 박수근 그림에 대해 똑같이 감탄을

하고 있다는 것에 일치를 보았다.

그리고 그는 완전히 서울 여자였던 것이다. 그의 시처럼 말이다.

우리들의 문학 유산은 거의가 다 농경시대의 농촌 · 농민 정서에 그 뿌리를 두고 있으며, 그렇지 않다 하더라도 거기에 몸을 기대지 않은 시들을 나는 아직 김수영 이외의 다른 시인에게서 보지 못했다. 60년대 이전까지를 우리는 농촌공동체가 무너지지 않았던 시대로 보고 있다. 나는 적어도 그렇다. 70년대를 거치면서 농촌 인구의 대이동으로 더이상 농촌에 문화가 생성되지 못했고 오히려 파묻히고 지워지고 말살되어버렸다. 사람, 사람이 모여 있어야 문화가 생성되고 발전된다는 것을 모르는 사람은 없으리라. 그렇다면 문화도 사람을 따라간다. 사람을 따라가다 사람이 모인 곳에서 새로운 문화가 만들어지고 일구어진다. 그 문화의 대이동에 따라 문화가 이루어진 곳이 우리에게도 한곳 있었다. 김민기의 노래였다. 「공장의 불빛」이라는 노래는 사람이 모이는 곳에서 새 문화가 발생함을 보여준 좋은 본보기임에 틀림없을 것이다. 시에서는 거의 찾아볼 수 없는 현상이었다. 80년대 들어 많은 시인들이 있었고 또 시대를 노래했지만 그 누구도 서울에다가 집을 지으려 하지 않았다. 모두 서울에 집을 짓고 살며 서울을, 자기 집을 사랑하지 않았던 것이다.

서울이라는 그 어마어마한 곳을 나는 사회과학적인 그 어떤 용어들을 들이대어 해석하고 분석하고 처방할 능력이 없다.

언젠가 한번 와본 듯하다
언젠가 한번 마신 듯하다
이 까페 이 자리 이 불빛 아래
가만있자 저 눈웃음치는 마담
살짝 보조개도 낯익구나

어느 놈하고였더라
시대를 핑계로 어둠을 구실로
객쩍은 욕망에 꽃을 달아줬던 건
아프지 않고도 아픈 척
가렵지 않고도 가려운 척
밤새워 날 세워 핥고 할퀴던
아직 피가 뜨겁던 때인가

있는 과거 없는 과거 들쑤시어
있는 놈 없는 년 모다 모아
도마 위에 씹고 또 씹었었지
호호탕탕 훌훌쩝쩝
마시고 두드리고 불러제꼈지
그러다 한두번 눈빛이 엉켰겠지
어쩌면……
부끄럽다 두렵다 이 까페 이 자리는
내 간음(間飮)의 목격자

—「슬픈 까페의 노래」 전문

난 여기서도 시대가 어쩌고저쩌고 오늘이 어쩌고저쩌고를 이야기하고 싶지 않다. 다만 이만큼 거침없고 솔직하고 자유분방하며 확실하게 현실을 정확하게 그려내는 것을 보고자 한다. 최영미는 웅큼 떨지 않는다. 의뭉하지 않으며 난 척하지도 않는다. 다만 정직할 뿐이다. 정직하다는 것은 세상을 종합하는 눈이 정확하다는 뜻도 된다. 괜히 이것저것 집적거리지 않는다. 내뱉어버린다. 맛없고 싫어서가 아니라 맛있는 것을 뱉어내어 그것이 맛이 있었던 것인가를 확인하는 일을 그는 하고 있는 듯하다.

그의 시에서는 또 피비린내가 나는 것같은 자기와의 싸움이 짙게 배어 있다. 무차별하게 자기를 욕하고 상대를 욕한다. 솔직한 것이다. 이 좌충우돌의 사투가 한편 한편의 시에서 응큼 떠는 우리들의 정곡을 찌른다.「그에게」「마지막 섹스의 추억」「목욕」등 제목을 다 열거하기 힘들 정도이다. 그것은 자기 자신에 대한 정직이며 사회에 대한 솔직한 자기 발언에서 연유한다고 볼 수 있다.

3

그의 시는 다양하면서도 한군데로 모아져 있는 듯하다. 그 중심은 처음 내가 이야기했던「새들은 아직도……」라는 그 서울에 대한 애정이 아닌가 한다.

오늘은 기어코 발문을 써야지 하며 출근을 했다. 한 40분쯤 강길을 나는 걸어갔다. 오늘이 입춘인데 길은 꽁꽁 얼어 있고 날씨는 춥다. 풀잎들이 다 털고 빈 몸으로 맨몸으로 찬바람을 맞는다. 여러 가지 생각이 떠올랐다. 김병익 선생님의 새로 나온 평론집을 사봐야지. 김우창, 유종호, 백낙청, 염무웅 선생님들이 생각났다. 나중에 유종호 선생님의 생각에 오래오래 머물렀다. 왜 그랬을까. 그분의 문학에 대한 따뜻한 마음 때문이었을까. 글을, 남의 글을, 시를 그렇게 애정을 가지고 자세히 읽어야지 하는 막연한 생각에서였을까. 아무튼 잘 모르겠다. 왜 그분이 오래오래 내 발걸음을 따라왔는지. 그러다 문득 나는 최영미의 「지하철에서」와 김정환의 「철길」들이 생각났다. 둘 다 저 미국 사람인가 영국 사람인가 그 빨간 턱수염을 한 에즈라 파운드의 「지하철역에서」와 서로 겹쳐졌던 것이다.

나는 보았다
밥벌레들이 순대 속으로 기어들어가는 것을

—「지하철에서 1」 전문

최영미는 나에게 있어서 가장 감당하기 힘든 정서의 소유자이다. 그의 시를 이야기한다는 자체가 내겐 벅찬 일이다. 하나 그렇다고 내가 최영미의 시를 이해하지 못하는 것은 아니다. 그는 아주 좋은 시인이며, 서울을 확실하게 장악해가는 정직함을 가진 한 사람이다. 그의 시는 어쩌면 우리 시들이 우왕좌왕하는 한복판에 그의 말마따나 '작은 부정 하나'가 아니라 '큰 부정 하나'가 될 것이다.

철이 없는 채 내 곁을 떠나버린 내 아우와 내 누이들이 서울 가서 그 갖은 풍상 다 견뎌내고 이겨내며 마침내 비로소 자리를 잡고 돈 벌고 자식들 기르며 사는 모습을 보고 내가 안심하듯 최영미의 시는 아마 그런 느낌을 나에게 주었는지 모른다.

시는 먼 데서 세상을 울리고 세상을 매질하는 것이다. 나는 최영미가 삶의 시선들을 더욱 고루고루 넓히고 세계를 내 품에 품겠다는 생각으로 글을 쓰기를 바란다. 조불조불 쩨쩨한 우리들의 그 좁은 문학 동네를 과감히 찢고 우리의 현실을 담아내길 바란다. 말이 내 위장병을 낫게 하고 말이 사람을 죽인다. 말을 좇지 말고 말에서 싹이 나야 한다. 바른 문학 좋은 문학은.

—김용택 金龍澤 시인

| 개정판 시인의 말 |

서른 무렵의 나는 할 말이 많았다. 피가 끓던 때라 지금처럼 냉정하게 언어를 다듬을 여유가 없어 때로 수식이 지나쳤다. 개정판을 내며 세 편의 시를 버리고 과도한 수식어를 쳐냈다. 선생이 학생의 습작을 대하듯 무자비하게 칼질을 하고픈 충동을 참으며, 웃자란 잡초처럼 불필요한 중언부언과 부사들을 잘라냈다. 손톱을 다듬은 듯 정돈된 시들을 훑어보며 나는 안도했다. 이제 눈을 감아도 되겠네.

내겐 축복이자 저주이며 끝내 나의 운명이 되어버린 시집을 새로이 세상에 내놓는다. 이제야 보인다. 내가 왜 그 말을 했는지. 나 혼자 떠든 게 아니었다. 내가 의도하지는 않았으나, 『서른, 잔치는 끝났다』에 새겨진 언어의 파편들은 시대의 기록이다. 함께 겪은 그대들의 열망과 좌절이, 변화한 사회에 안착하지 못한 세대의 파산한 꿈이 내 몸을 빌려 나온 것이다.

아름다운 발문과 추천사로 후배를 격려해준 김용택

선생님, 최승자 선생님, 최원식 선생님. 애틋한 편지를 보낸 독자들, 있는 그대로의 나를 받아준 친구들을 기억하며, 여현미 님과 이현정 님 그리고 이정우 님의 노고에도 고마움을 전한다.

불꽃이 꺼진 뒤에도 살아야 하니
막막하지만 더듬거리며 여기서 다시 시작하련다.

2020년 8월

최영미

| 초판 시인의 말 |

이 작은 책이 누군가에게 바쳐져야 한다면 무엇보다도 나 자신에게 바치고 싶다. 할 말은 많은데 어떻게 밖으로 내놓을지 몰라 한참을 더듬거려야 했다. 그러다보니 짧게 쓸 시간이 없어서 길게 썼노라고 하면 이 너절한 시편들에 대한 변명이 될는지 모르겠다.

진짜로 싸워본 자만이 좌절할 수 있고 절망을 얘기할 자격이 있는 게 아닐까. 대체 내게 그 말을 조금이라도 입에 올릴 건덕지가 있는 건가고 여러 차례 반문해보았다. 그러나 돌이켜보면 온몸으로 실천하진 않았지만 온몸으로 고민한 사람도 있고, 어쩔 수 없이 시대의 격랑에 휩쓸려 만신창이가 된 심신으로 다가오는 봄을 속절없이 맞아야만 하는 이도 있으리라. 내 시도 그런 대책 없음에서 나온 게 아닌지……

이게 아닌데 이게 아닌데 하면서도 빠져들 수밖에 없었던 수렁에 대해, 내 위를 밟고 간 봄들, 바퀴 자국조차 없이 스쳐 지나간 사람들에 대해 팔자에 대해 운

명에 대해, 아직도 날 꼼짝 못하게 하는 이 더럽도록 아름다운 세상에 대해 말하고 싶었던 것 같다. 그렇게 애써 차린 화려한 감정의 밥상을 지금 마주 대하자니 얼마간 도로 물리고픈 생각이 드는 건 왜일까. 고통은 이 시들처럼 줄을 맞춰 오지 않고 아직도 나는 시(詩)에게로 가는 길을 모르므로.

지상에서의 사랑이 어디까지 아름답고 추할 수 있는지 다 보여주고 떠난 그를 잊을 수 없다. 그동안 몰래 키워온 내 새끼들, 고독과 욕망과 죄여, 너희들도 이제 내 곁을 떠나 세상 속에 섞이기를. 춥고 어두운 거리를 헤맬 때 내게 친절히 대해준 모든 이들과 원고 정리를 도와준 분들께 두루 감사드린다.

1994년 2월

최영미

서른, 잔치는 끝났다

초판 1쇄 발행 1994년 3월 30일
초판 51쇄 발행 2014년 12월 6일
개정판 1쇄 발행 2015년 10월 30일
개정판 8쇄 발행 2018년 3월 29일
3판 6쇄 발행 2025년 1월 15일

지은이 최영미
디자인 여YEO디자인
교 정 이현정

펴낸이 최영미
펴낸곳 이미
출판등록 2019년 4월 2일 (제2019-000097호)
주소 서울시 마포구 마포대로 89 마포우체국 사서함 11
이메일 imibooks@nate.com
홈페이지 www.choiyoungmi.com
페이스북 www.facebook.com/youngmi.choi.96155

ISBN 979-11-967142-6-0 03810

책값은 뒤표지에 있습니다.